細軟

我是這樣小，我的尺度
將與天上的陰影重合，使你驚訝不已

——翟永明〈憧憬〉

第一：

火種

第二：

酒水

第三：

小刀

名家推薦

細意琢磨，軟語商量，像春雨麻麻密密打在野地上。馬翊航善於捕捉恍惚的、卑微的、悸動的生命情境，賦以迷幻的節奏與意象。身體感與抒情風交纏互探，在詩行裡，見證愛情的華麗與野蠻。

——唐捐

「唯有靜物能再移動／懷念者必會死亡」從馬翊航的詩句間，我們讀見這個世界靜止的倒影與輪廓——眾多的靜物，雪，早晨的微弱光線，細塵紛飛的房間——他的詩中有某種細軟之物，恰好貼合了我們心底最柔若無骨的那一截。

——崔舜華

馬翊航的詩帶有冥想與夢幻的氣質，詩風純淨綿密，內面裡，卻也不乏粗糲的身體質感，以及時刻伴隨的意外驚喜。那些詞與詞的安靜滑動、微妙組接，似乎能讓讀者感受到紙面之間有空氣在流轉，而這空氣，也吹開了我們意識深處層疊的褶皺。

——姜濤

《細軟》是低聲下氣的書——「多心的鷸鳥」孵著辜負的蛋、字裡行間「熱　並且哀傷」；馬翊航的委和曲並不是為了求全，窗花中可能有「可愛暴力小蟲」，靜物內裡常見「火靜靜地裂開」。雄兔腳撲朔，雌兔眼迷離，詩人讓兩兔傍地走，效果好而微妙——男調（不換假音）唱女腔。或者相反：我會把他的針線憤怒之歌放在李清照的怨與普拉絲的恨之間。他突出的刺在把「陰婉端莊」改成了「陰險端莊」。

——陳柏煜

《細軟》中的詩句多半哀麗，像是華美樂曲中的最後一小節，再動人、再依戀都勢必將結束。詩中的日常描述都帶著憐惜的聲腔，字詞交疊出一個瑣碎且略帶蒼涼的詩境，就如同他寫著「像一個喪偶的人／像一個做完愛的人。」死亡與性彼此依存——「熱並且哀傷」。

——林餘佐

推薦序

廢墟天使灰

◎楊佳嫻

馬翊航第一本詩集叫《細軟》，讓我想起鯨向海的《大雄》。大與細，雄與軟，剛好兩極。大雄意在噴發，細軟則善於承受。如果說男性在意的正是要巨大、要陽剛（如同大雄寶殿裡佛祖半袒的巨大胸肌），那麼「細軟」難道意味著「反男性」嗎？

確實，整部《細軟》無所不在的幽怨語，幽閨氣氛，美麗而飽受等待折磨的少婦，被整座宇宙孤立在一扇窗前，調動星河來排列出內在的情思。這種女態，在古典詩歌中常常是男性詩人的面具，此刻，似乎又發揮了同樣的功能，可是託寓的並非上下君臣，而是把這陰性姿態還給愛情。古代男性詩人以閨怨為面具，申訴的是用與棄，現代詩人在情詩中「名正言順」地閨怨，申訴的，也還是用與棄——權力與選擇，渴望與冷卻，暗自神傷又頻頻回首。當然，這裡說的也並非眞正的閨閣，而是對傷心人來說，整個宇宙都是幽閨。

馬翊航同輩詩人中，同樣彰顯這類氣象的，還有波戈拉。但是，他們的詩明顯分歧在物象世界的締造。波戈拉的詩視覺效果偏向純粹簡素，馬翊航的詩則十分注重斑爛效果。如同羅蘭·巴特所說，戀人變成一架熱情的機器，不斷生產符號，賦予意義，《細軟》物象紛繁，飛鳥游魚，香灰糖粒，盆栽舊衣，顏色附帶質感與重量，箭矢一般接連不懈地射向回憶中的自我。這是記憶與感覺的內戰。因此，這部詩集其實是受難記，受傷的戀人如此自戀，最美的時刻，啊那剝奪削弱衰微之我，爲此可以反覆證成，執著如幽靈。

高昂的華美，同時瀕臨崩潰——熟悉臺灣現代詩的讀者或聯想起陳克華少年名作〈星球紀事〉，但陳作隱隱仍藏著男性自踞高處、害怕受傷的恐懼，那雄大的姿態想要掩蓋的不就是細軟的內在？小馬則在詩中甘心服軟，自揭底細，如天使翅膀，只能暫時卸下，徘徊行吟：

火車駛過鐵線橋
遠方河床上睡滿痛的斷木
時間拆卸下的鱗片，尾羽（〈七月〉）

在情詩中，自貶即自高，低到地裡，滿嘴塵土，才更襯托愛情偉岸，自我一旦出場，絕不可能完整，破損即命運，破損處即支撐點。借此支點，撐竿一拋，小馬在緜連詩句中把失侶的戀人從日常生活拋進一處又一處廢墟場景，見識末日玫瑰雨；那是戀人淪落之心與詩人奇想之心疊合，拉開無窮屏風，把自己繡進去，不是金鷓鴣，而是加了框的曠野裡，一支招搖不能過界的蘆葦。

〈負面教材〉開頭就問：「你正在縫合我或拆毀我？」如果是縫合，那就聽〈削薄〉裡遙遠的回答，「用你的身體幫我裁縫／我敏感，歪斜／近乎僞造的絲綢」，如果是拆毀，〈死線〉也給出了反響，「我在廢墟裡／廢墟是世界的心／鋼條穿過我，流出砂石與黑金」。然而，這兩個答案都不完滿。因爲敏感，所以縫線容易歪斜，繞過無數小地雷；而廢墟中裸露鋼條，宛如穿心而過，才發現內裡早已塌陷溶解。

廢墟天使不僅僅身處廢墟，體腔也如同空洞壁櫥般棲居著自我的分身，〈未雪〉裡說「我的胸中有一尾著涼的雛鳥／用灰黃的翅膀遮蓋自己的雙眼」，如果飛翔，也是爲了被所愛之人看見，〈不寐〉裡說「我竟想讓你看見我此夜如此爲你不寐／一尾多心的鷸鳥／翻飛在面孔與沙洲之間」。

被看見，被接納，最好能完全消溶於彼處，詩人在這裡的想像極具身體性：

像玉石一樣，堅硬，純淨
在手掌的溫撫裡緩緩貼近主人的膚色
或許就可以頂住你身世裡
草率的語言
千年難再得的時間（〈暗戀〉）

願你幻想我仍是你的煙蒂
在許久未下雨的清晨
被你的呼吸所消滅（〈幽浮〉）

玉據說通人之血氣，彼此浸潤，感染生息；更進一步，則是變成煙蒂，借對方的呼吸而燃燒，化爲煙與毒深入對方臟腑，而這份深入需要以自身消滅爲代價，無法再來一次的愛。當然，不能忽略的是，玉摩娑於手，煙蒂半銜在口中，都帶著色情的摩擦。

還有另一種深入的想像——〈恍惚〉裡寫，「在你的手來不及觸碰到的內裡／已經有了好多細菌」。這很驚悚，拿來和周夢蝶比較就知道了。周公〈漫成三十三行〉裡同樣手指探入，「藕紅深處，佛手也探不到的／藕孔的心裡／藕絲有多長／人就有多牽挂多死」，「佛」代表的超越之大力量，和「探入藕孔」、「藕斷絲連」的動作與黏稠感，產生奇異的相左，卻同時讓敏銳讀者不妨同時往執著難破與色情聯翩兩方向想去；馬翊航比較乾脆，「來不及」，意思是本來已經準備好要讓你的手伸進來，伸進來，到最裡面，碰觸內裡的權利本身就等同愛的恩施，總之，情感中斷，來不及了，可是我的內裡無法永遠清潔空曠等你來觸摸、等你來充滿，「充滿細菌」給人一種玷汙感——棄置之地，被非我非你之物佔領——也就是廢墟。

那麼，如〈可能〉裡「開始只是我意外畫下的迷宮／我在腸內，你在宇宙」這樣的想像，又意味著什麼呢？腦或心臟，是現代情詩常寫的器官；肝膽腸則在古典文學中較爲常見，肝膽相照，酒入愁腸，極盡開放與深入之事。張愛玲大膽讓小說男女主角腹瀉與便祕，暗喻其愛的失禁與精神的堵塞，與腸胃相關的情節在現代文學中很難優美；具有鮮明唯美傾向的《細軟》，忽然寫到腸子，固然也有百轉千迴之意，卻似乎也暗示著某種等待被碰觸的內裡，又或者說的是：我堅持成爲不能被排出的存在，如同宿怨。

與這不能消化的宿怨對質著的，是瀰漫全書的灰，只要時間拉長，萬物莫不化灰。〈繞道〉中寫，「雨中的鴿群。銜著薄金的碎屑像忘了什麼／遠看起來就像灰」、「手中緊緊握著碎瓷／白水裡有紅雪花」，灰的種種變形，碎屑、碎瓷、雪花，金色與灰色，白色與紅色，剪接鮮烈視覺，而且帶著痛感。

自埋在錦灰堆裡，廢墟天使怔忡拒絕飛遠。《細軟》其實藏著剛硬的意志。

細軟

信物

誰是過去的人？

墓穴裡夢見的蜂鳥
一萬次振翅
皆未帶來風暴

誰願意辭去憂傷的永生？

唯有靜物能再移動
懷念者必會死亡

誰能翻譯雨和土的氣味？

岸上有礁石，鐵衣，受傷的魚膘
你斟酌血的光芒，羊齒植物
心的破綻
自願被陰部的水火沖毀，斷句

誰在正義的刀鋒上午睡？

眞正的惡並不隱藏自己
影子與宇宙之間只連綴一個隱喻

誰提著記憶的鈴往我逼近？

所有故事都是一個小小的竊賊
安靜地分離時間的韻腳
不問誰會領取愛人的口音

誰又將魔鬼贖回？

第一　火種

下落

生活僞裝洪荒
乾掉的水漬，背影，刪除的簡訊
不完美的火焰質問身體
痛，但無法成爲灰燼

巨大的怪手是失憶的火鶴
土石，鋼條，黑色的床褥或河
靜止，或懷念挖掘那些被遺棄的

遠處是夕陽，我祈禱那是愛人的眼睛
盡力燃燒　高潮刺穿紅灰的大霧然後冷去

盲目，被海水浸蝕
斷言那就是終點

可惜愛人們總是行蹤成謎
夢比死亡決絕
將暗未暗之時
一些記憶曾被大方地搬遷
像紙屑，蟻群肩上的蛾翅
在角落成爲墓穴

遠處並不遠，我卻有些疲倦
如果此刻海面升起一萬呎
冷去的心突然裂開

誰將細心證明
我們的下落並非人間？

不在場

眉心的發條脫落
留下鬆弛的笑
光線與光線交談，告別
不能如願成爲彼此的音樂

我無法孕育珍珠
肉身裡滿是失敗的砂石
微小，紛雜
太衰老我聽不見任何低語
胃裡靜躺著書信，模糊直到
無法銷毀

燈火暗去，餘燼比傷口漫長
周圍的人開始離去幾個
我不能記得是否牽手
不能記得他們嘆息時
隨之碎裂的霧
不能記得輕如暴雨的對視與憤怒

雨遲遲未降，我搶先奔赴明天
像是巨大如蟲的火炬
我大概不願再見你
當你死時，我將比那些失去你的地方
還要空曠

末雪

我的胸中有一尾著涼的雛鳥
用灰黃的翅膀遮蓋自己的雙眼
然而那只是開始
是虛無剛剛出發的時候

孩子們學著用火把
找尋街巷裡失蹤的故事
故事們縮著身體
像黑色的煤球
風吹來，緩緩滾動到落葉之中
又成爲一個消失的夢

巨大的天空頂上有掛鐘
當它搖晃，觸動著大氣裡面稀微的孢子
彼此擾亂著，早已度過青春期的雲朵們
體內已經沒有任何雨雪
只是吐著深深的寒氣

然而寒氣也未能降臨
行人腳邊是消失的故事
叮叮噹，叮叮
我終於明白，虛無出發的時候
並不製造聲響

高處

你決定了我，但
一生並不比登高恐怖
我攀附你像懸掛岩壁上
落石像情歌一樣剝離，墜落
三點不動，一點動
地面是磚金色的松子，下沉的夢

恐懼中仍然看見草尖朝向無人的大道
用細如煙霧的聲音合唱
風擦過心的孔竅
發出鳴笛的聲響

遠遠像一班最夜時候離開的列車

紅色的岩塊上是金色的心
爬滿苔蘚，它已經衰老，弱小直至
無法辨認任何一種痛楚
明亮如前生的晨光裡
也無法召喚愛人的筆跡

太遠我無法停止描摹世界
離群的露珠與單獨前來的夜晚
分裂的太陽與聚眾的卵
握拳的蝴蝶
以身墜海的狼——

你是最高花，你是末日
稀薄的空氣裡都是我但
不會再多了

透視

你是靜物，偎著油金色的空氣
像一顆蠟紅的蘋果
面孔之下是細長鎖骨，彷彿
死者的雙臂
輕輕搭在你胸前
你笑，我顫抖

唇間留著一條小巷
微微潮濕的地面，衰老的戀人
走了又來，來了又
被吞嚥，心室裡掙扎著

細小如蟻的蝙蝠

風雨默不作聲
閉眼，仍然看見
空氣也是靜物，捲吹你變成漩渦
霧穿過心之後立刻崩壞
碎去的時鐘持續行走
瞬間之後卻不是另一個瞬間

銀河幽暗，像惡水
你醒來向我靠近，就算
忍住不哭
也無法看穿你……

我是靜物，不能發光

透視 II

我吹去時間上的灰
不要讓它成形
不要讓誰擦拭多餘的想像

我躺在另一個地層
像安靜的草木終究成爲燭火
緩慢縫補你的碎片
焦臭的泥
鞭子一般的雨

我的手心有小小的鐘

我搖晃它
換來許多聲響
像夜裡雛鳥的叫喊
聽見他人哀傷而分解的心

偶爾我讓他墜下
流水浸濕雙腳
與我一起躺在另一個地層
再也聽不見任何聲響

房間

夢中回完一封故人的信
睡得比冬日略多一些

窗外的花園，因爲思想而發芽
復被修剪，翻鋤
被世界的憤怒反覆摩擦

黃昏的時候我看
那些逆光的灰塵
像遇水的蟻，憂傷的人
如何被細小的自身干擾

挫敗，擴散而升降

都是適合的擺飾
蠟燭，灰藍色的狗，戰火
奶油與糖霜，未知的垂淚者
在語言的地毯上滾動，辯論
告訴我，逝者不能再被粉碎
有心之物無法收藏

鏡中不一定看見自己，可能是
紙墳，有鹿的山脈，黑火
有時只滲出無限的沙
那裡面也有一個房間

不知道打開是玩具，骨血或是
未來的舊傷

七月

巨大的火星在沙裡
起皺，斷續地晒傷
懷疑你依然直射著我
像天火擊破那些
蓄滿淚液
非自願掉落的瓜果

我用身體換來一頭似虎的蜻蜓
老船，金色的時針，沙啞的蛾
在黃昏的惡地裡燃燒
期待你從餘燼裡認出我的

汗水，睫毛，思想，用來愛的那些器官……
可惜沒有一種恨是那樣恨

火車駛過鐵線橋
遠方河床上睡滿痛的斷木
時間拆卸下的鱗片，毛羽
一尾鹿從上游走來
牠看見我看他

像一個喪偶的人
像一個做完愛的人

熱　並且哀傷

七月 II

七月是用來擺脫六月
熟梨子，水蚊。溪谷裡蛇向他轉身
慢跑，他疲憊地進入
有兵器與樂器的教堂

他試著表演一個人，或一個女人
婉拒火種與兒子來到體內
天氣誠懇變化，符合神所期待
思考何以新聞事件與大白然
有中度以上相關

熱帶風暴潛伏以來他
學習寫作，運算時間如同明白資本的無助
中空，玻璃鑄的鐘
響亮迴盪，自主申請補助以使生命
抖擻起來。

無論疲勞，清爽
都已經來到七月十六
長斜坡長
物質原地慢跑，無人團結
內在的農場的憤怒
或牛或馬或氣球
聞所未聞的下午兩點

眾可愛暴力小蟲
都還沒有睡著

惰性

眞正哀傷的人並不許願
天黑之前
從身體裡取出一個器官
例如岩石，玻璃，婚禮，火，掃把，雀鳥——
它們會湮滅自己

誰願意典當僅存的灰燼與海水
透亮的卵在瓶中漂浮，模仿城市的冬季
天空動也不動
光線輾轉
沒有一個情人想要看雪

行人安靜都在燃燒
柴薪，運勢，廚房，魚的宇宙
季節不明，無人問起我
利刃輕輕劃破時間的薄膜
內裡之內是無限的內裡
痛的人也不幻想

彎過街角是另一個街角
掃除自己變化的落葉
我是小小的塚，冷的時候
慾望是否比慈悲偉大
我如此稀有，卻不與誰結合……

失神

沙河俱下，葉子與葉子摩擦
像商量
商量哀傷的額度
之中某些比較天真的
喊著，啊未來
提前折損了莖腳
彷彿帶著最喜悅的磨難
在空中盤旋，咻響

空氣些微變形
我似乎也開始柔軟的虛耗

窗框上是路過古代的螻蟻
搬移皮屑，碎紙，污痕與菸塵
在巢穴拼集成另一個失神的我
像是某種文明

厚重的雲，厚重的下午
厚重的假寐與預測
明天將不會準時前來
多出來的時辰並不發光
它必須補償人類放棄的重量

氣象打破了窗
燭光裡有一個小小的湖
水蚊在火上震動

我與黑色並肩而坐
誰也不願意
爲對方變得再溫暖一些

——愛彌兒

天空是淺的，像微有油污的餐盤
草木多半芳香，生長週期與哀傷程度相仿
金色是痛，西方是憂鬱
暮色適合婚禮與分離
學習憾恨則在清晨
雨季來臨時入睡，風吹過時輕微哼唱

（影子暫時出現透明的現象是否正常？）

宇宙由聲音組成
哭泣繞著哭泣旋轉，拋擲出的

呻吟凝聚成行星，繁殖生命或
發光。一些歡樂的吶喊，緩慢飄浮
成爲雲朵，依水氣來源分類爲
親吻，殺戮與遺忘

體溫與曆法以眼睛測量
月亮中躍出一尾巨鯨是氣象，胸口的雨是天文
彗星有髮，眼淚自高樓墜下後成爲煙火
玻璃在日落時破碎象徵不祥

孩童是殘酷，年老是夢
花與沙塵可用來比喻天堂，微有剝落的危險
語言是疾病，透過睡眠或誓言傳染
意象若有銳利切面

傳遞時鋒刃應朝向自己
（時間，鹿角，浪花，羽毛也割傷他人嗎？）

我所傳授的世界不過如此：
憤怒者聰明，遊戲人孤獨。
風聲多半藏有祕密
候鳥捎來有限的對白，海灣被擁抱填平
最純潔的愛，往往知名不具……

之間

白米，蚊子
日影斜斜
自窗口滲漏進來
舊衫的花蕊似歌聲
萎去與綻開之間　靜止著
暴雨之後
溝水與眼睛同款迷茫

那裡下雨的日子與這裡
一樣緩慢嗎

清早的露水聞起來像刀
蟾蜍匿在柱下
像認出什麼
危險的事物
火與鹽，新聞紙與銃子
盛在水青的碗底
予人吞忍與慣習

其實並不疼痛，不過似水田無水
晚苗不發。經年的哮喘
並未更好還是更壞
飛行機劃開時間
文字雲聚集而又消散
似夢中驚起的白翎鷥

走找沉默的溪樹

並無地動，狗蟻沿著磚裂
搬運著碎糖，蛾翅，鬼魂
街路上有昏沉的人
打傘的人，偷竊的人
喪妻的人。其實都相像

溝水迷茫樹影
花蕊，斜斜的暴雨
舊傷比水紋先癒合
前進，勤勞，協力……
直到身體也成爲土石。不那麼緩慢

亦就不會發覺

日子與日子之間睏去的

猶原未返來

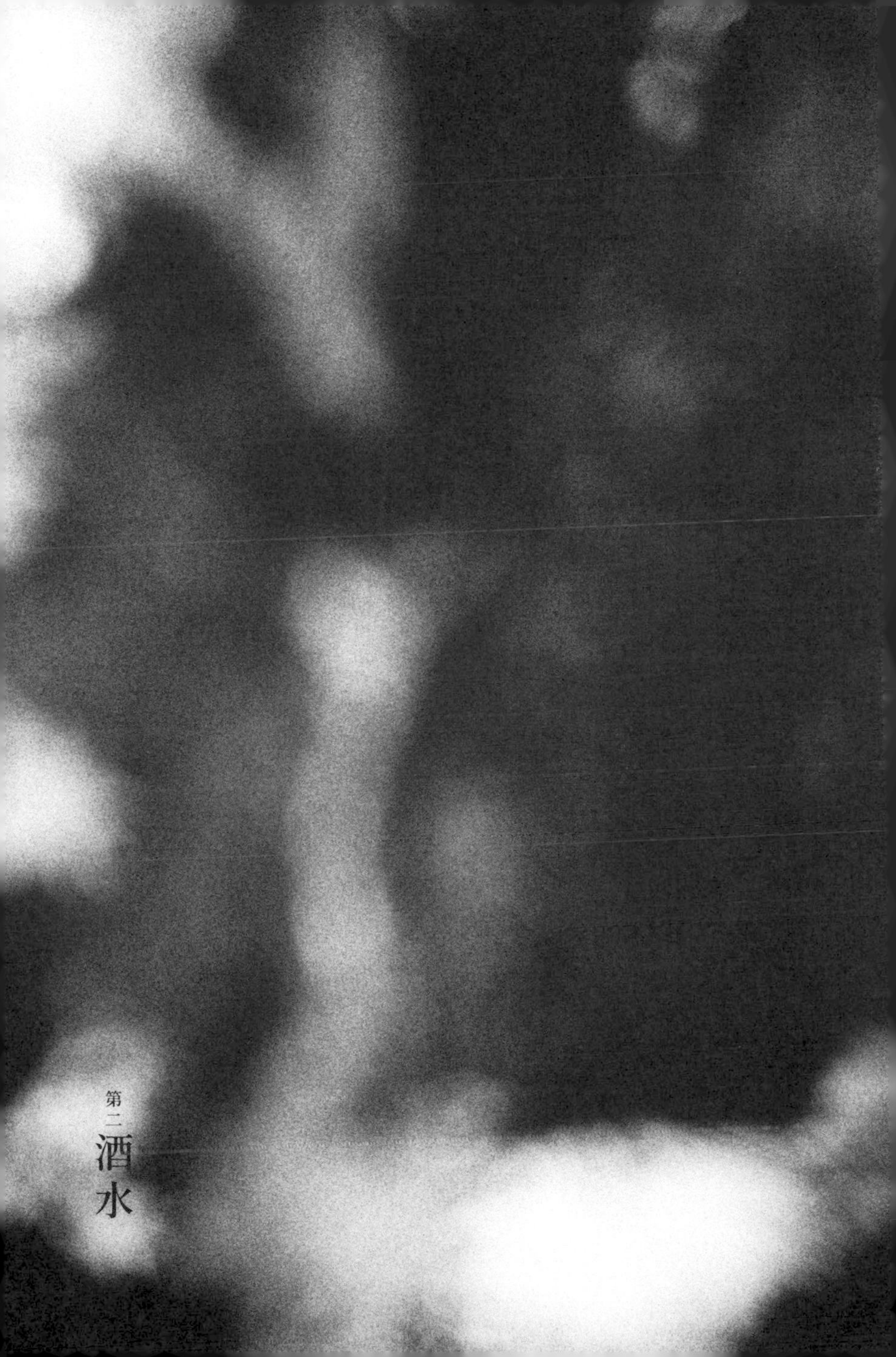

第二 酒水

繞道

你看著我，你繞過我
繞過聲音的纏線，繞過
雨中的鴿群。銜著金紙的碎屑像忘了甚麼
遠看起來就像灰

我繞過你，隨即默背你
藏有失物的小徑，不願意癒合的床
手中緊緊握著碎瓷
白水裡有紅雪花

風擦過生苔的磚瓦，延長不再延長的時光
想念起來
我大概不過是魔鬼懷中的魔鬼
月亮棄生的月亮

乾脆，卻無法把自己車遠
手指成爲牆垛
阻擋我的是巨鳥，飛蛇，火星，不作夢的人
我仆街如草，與時間平行
你踩過我的生身
沒有甚麼比醒來更漆黑

我繞過我，我默背自己

值得懷念的事情也有

至少相信所有無邊的事物都是值得相信

幽浮

我模仿你靠在那扇
廢棄的窗口，觀察天際野火焚燒草木
火裡有過期的膠卷
燙起來捲纏，變形
像青銅器上念舊的血痂

偶然有燈火喚醒失憶的人
我在窗臺上刻字
你的身體是一把劍
水光把我捲走，遠方有一葉小舟
反覆地打旋，淹沒，打旋

又淹沒

我從窗外透視你
是煙火的灰
一萬個人踩過我但我仍舊來了
最完美的一天並未被發現

你還在窗前寫字喝酒
願你幻想我仍是你的煙蒂
在許久未下雨的清晨
被你的呼吸所消滅

不寐

鼻息細微，意識的逆光
肌膚虛線處留下幾道摺痕
市聲，心上的塵沙
最輕薄的螢幕
昔人傳來風暴的幻影

錦鯉學作酒醉的夢
尾鰭改造光陰的水紋
我迴避那些遲來的妄想
花火一樣笨重，鮮豔

風聲大作
漲溢的死泉水
礦物的多重細節
我回傳。此夜如此

我竟想讓你看見我此夜如此爲你不寐
一尾多心的鷸鳥
翻飛在面孔和沙洲之間
遲遲
無法進入最黑的黑夜

恍惚

陽光是幽魂
玻璃是花，以爲各自是彼此的前世
閃映同情的光

長路如糕如漿
彷彿有甚麼勃勃鼓動隨時要穿出地底
衆生因爲冷漠而叛變，消亡

看來只有我是疲倦的
曬太陽，明白生存的無禮
聽旁人以訛傳訛的情歌——

地球他，又公轉幾周了

昨天當然是不會回來了
但今天卻怎麼樣也過不去
時間是綠葉，脈象無端
表面滿是纖銀的毫髮，難以點數

春天徒然適合感覺恍惚
熱病像花粉一樣降落
在你的手來不及觸碰到的內裡
已經有了好多細菌

長夏

漸漸可以用汗水來寫信了
字跡淸白，句讀錯落
背後爬出一路低低的喘息

一樣的日光，投影一樣的我和你
海市蜃樓裡逗留，危害暑病

熱風像厚重的黑髮全部解散
蟬聲大作，是不願臣服的思想
笑與苦短的呻吟
發落滾燙的夢

葉雲濃翠如煙
白鳥清涼地
搧翅，細細搖動的枝莖上伸縮
冷蛇一樣的脖頸
羽絲銳利，滲著死者的喉音

全景裡有山川，草木
我如昔美好，卻失去動作
長夏狡猾如你
夜裡還要索取擁抱

然而濕透胸前水印，恰好
像僅僅發動一次的心

無恙

雨雲蜂起，雷電如絲線
延長宇宙的纖維
雨水擁抱著沙塵而沙塵擁抱著
時間，金針刺入
生者的毛孔

每當天氣變幻的時候
像舊夏寶石漂浮的水面
也記得寒冷
我如蟲豕強健，早已不再病痛
精神飽滿，輕輕拔除點滴

硃砂色的疤痕
熔岩，濺在心的邊緣

窗影之外建築浮亂
水痕離而又聚
透明以內還是透明

我對鏡練習，表演一個死去的人——
「我夢裡的劍，我思想裡的塵埃……」

人間劇本散落我仍然想被寫入
放棄走位，在角落抄寫遺忘的臺詞：

你走了。

（此處停頓，像□□一樣呼吸）

我祈禱心像岩石。但一億年後
終究變換了顏色。

水面

開始模仿你
風吹來的時候，高舉雙手
盡情地被聲音割傷
練習痛，大笑時候不帶一點哀愁

魚群分散，各自
尋找著雲朵，船隻倒影
偶爾分食對方的餌
像彼此追悼的戀人

水面沒有你的影子

我稍微溶化，剩下一些倔強
不願意流去的想法

有點恨你所以
少部分化成石頭
專心曝曬
不任意移動

可惜浪花好大
一不留神
整座海濱就消失了

秋分

聽涼披衣起
床身凹陷，像是某個角色
遺忘舞臺許久
留下一個單調的走位

對著空氣撒嬌
要求整個房間一起坐著
薄壁之外是水流，人聲
安靜像是
利刃割著另一把利刃

白日薄似夜
醒來，大概不像醒來

桌面蟻群晃蕩
嗅聞淡去的糖跡，煙灰
哭一樣亂竄
在時間到不了的小地方
舉腳，放下。舉腳，放下
踩過自己的屍身
再離開

天氣一定會再暖的
只要，勉強記起你

緊緊攀在身上的火星
就又冷了一些

日食

偶然我記得日食
樹影裡光芒猶豫閃動，擴張
人群穿越妄想的蛛絲，看天色毀壞
時間灰塵沾在臉頰

風變大以後
感覺一萬年太久

此外我沒有發言，沒有任何疑問
想像著日影漸次飛去
山林奔走的鳥獸或許還有些堅強

雲彩搖動，湖海變換著多餘的波浪
我看你側臉似朝夕
失去的
卻遲遲沒有復圓，生光

暗戀

未曾有一種笑是眞的
像少作中遙遠的意象
雪地上的狼，夕陽裡的鐘
冬日聽著年節的歌曲
你無端青春
我匆匆忙忙老去
沒有與你拍下一張照片

記得你的臉嚐起來像夢中盜汗
濕鹹，生物性
卻又攻其不備的

我看似鬆碎的餌，其實又是魚的星座
在釣場裡垂釣自己的慾念

開始鍛鍊自己
迫使光陰與肉身比意志略爲強壯
像玉石一樣，堅硬，純淨
在手掌的溫撫裡緩緩貼近主人的膚色
或許就可以頂住你身世裡
草率的語言
千年難再得的時間

生日

照例等待祝福
等待，那些未能遺忘的情人
群聚在老地方
回覆一生第一封情書

照例想像燭火
燭火之上，是垂老的音樂歡欣的霧
必然閃現
告別臉孔遺落的眉目

照例，有點淡然

像十八歲的菩薩
看，我的愛一如舊時新月
陰險端莊

城市睡了
靜此夜我愛的詩人還在線上
或許也像我一樣
在宇宙竊聽的斗室
許下一萬個焦躁的夢想

關於你的睡眠素描

我想進入你的夢境，然而要用划船或是步行？
先偷竊聲音，足跡，以及季節的體味
翻閱指紋的地圖
爬行你因爲思想而過曝的肌膚，像沙上的雪

緩慢地背誦你新購買的單曲，理論，飾品，
恐怖片與家族史
愛撫脊骨的波紋，考據蝴蝶過冬的路線

猜想你在夢裡也寫字
排練沒有後代可以訴說的寓言

霸道的神祇，純真的鬼魂
總之是還跳著舞
肌膚滲出記憶的盜汗

（眼瞼陰刻著身世。最黑暗的快樂，啊
最明亮的悲傷）

你睡著像一座城市
在夢裡或許也曾經失眠
也曾追逐所愛，自願不要醒來

身體突顫，你是另一個星球傳來的踉蹌？
枕邊是憂鬱的熱帶
淚水與情節在被單的花紋上起著毛球

在情色當中有一點點古典的發展
翻身一想，那都是你夢見的
而我是僕人，服侍你倔強的靈感
時光的床如此溫柔

反正愛，是一場好長的病
好淺的睡眠

琥珀

夜將暗未暗
市聲如針線穿過心的孔縫
金鏽屑，冷屍斑
文字放棄了時間的污泥
洗也洗不去的病菌
沼澤中徒然生長著溫柔的枯枝

箭矢，暗巷老樹
糾結的霜髮，盒篋裡躺著銀杏的脈搏
愛的幽靈如果也搭捷運
當警示音響起時

也必然如我一樣哭泣，詛咒
像音韻學課上期待死亡的少女

書頁割傷手指，有最文明的血痕
然而痛楚乾脆不要解散開來
在身上鍵入濃黑的字體

我不是我的前世
不是鬼的罔兩
我就在妳的眼前

哀傷的路線如此複雜
我猜想，那些琥珀碎裂後化爲星粉必然

是昆蟲的魂魄
眞的淚水

按：二〇一〇年四月某夜酒後網路上搜尋楊佳嫻〈鎮魂歌〉未果，重讀《你的聲音充滿時間》，暈眩中寫下。

——北京城：致J

密封的冬夜
分不清靠近是雪，是鹽
你提一盞燈來
輪流了我
在和平的陰暗中冒險

煙火大路
按摩，燙口的麵，小肉串
市招拆散著想像
不願煨暖的手
撫摸地球，白貓，折腳的馬

惦念自己本是爲融化而停留

期待愛的東西都結了冰
刀刃，魚鮮，複印的情書
不理會你說的那些講究積累
與破壞的事物
靜要靜得暢快
汗與血一樣透明

那時我戒不了菸
像城裡大多數人一樣
時而運動，時而堵塞
獅子口，龍背脊。
公主墓，蘋果園。

路過幾個合照的行人
收縮的心建築成廣場
大風處傳訊給彼此的鬼魂
文明地打卡，追悼
終究是要刪除
那些遠道而來的幻覺

第三

小刀

削薄

用你的身體幫我裁縫
我敏感，歪斜
近乎僞造的絲綢
只要再恍惚一些就可以包裹
整個城市的街道
雨後一些卑鄙的夢境

或者穿上你拋棄的那些詞彙
飲酒，晃動
摺疊人間的痛楚，緩慢地起縐
像蒸發的盆栽

時間的風箏與其倒影
蝕盡了可見的日光
觸碰自己的同時，又不斷地走失

世界是一條不間斷的線
我是孔洞

如此緊密
如此光亮
朝天對準那些雨水預言
它們的下落它們的摩擦它們的冷

死線

我在廢墟裡
廢墟是世界的心
鋼條穿過我，流出砂石與黑金
像一隻巨大的蟲
在你胸口來回攀爬著
告訴你，雨將落未落

時間抽取著
盤旋的燕子的靈魂
它們重複，在傘上領取著雨滴
領取著暗中的玻璃，血霧

最後也成爲了時間

灰塵與忘記的事一同漂起
聞起來像小時候住的山村
我是柴火
因孤獨被丟棄到火堆裡
因溫暖而靜靜地裂開

死線如蟲攀爬而來
我把傘遞給你
把燕子遞給你
你來回盤旋
低低地，丟棄了我

雨降下來

火靜靜地裂開

厭世

深谷，溝渠，鹽湖
分解至無法分解的沙
失去邊緣的霧，逼近碎裂的玻璃鐘
骨骼的孔洞
心跳與心跳之間的年份
何者更像死亡

你把我吻成一口銅棺
不再尋找的失物
紙張，磚瓦之屬
與你一起被世界運算

重複被祈禱，重複被刑罰
醒的時候拆卸記憶的骨架
睡時再把所有仇恨編織起來
活著只爲了專心等待你
續寫接近完成的曆法

愛像花果，雀鳥
被描繪成靜物卻依然活動著
所以抄寫人的法則
所以把整副身體獻給人間
成爲軌道
車船與　窗

痛苦是容易的
繼承他人的幻覺卻是難題

誰動用整個宇宙的語言來暗示：
唯有死亡之時
才能再夢見你

負面教材

你正在縫合我或拆毀我？
我看見自己緩緩滲出飛霧，銀色的血，
魚說話的泡沫⋯⋯
像是熄滅整個夜空一樣地勃起
然而並不爲誰辯護
我是你的器官
學會忌妒
因爲被他人穿透

針從指尖竄出
還不算酷刑但

痛起來像鬼。像是不願意放棄
那隻曾與你一同豢養並恨過的小狗
我淋雨，讓牠的毛髮和我的羞愧糾結一起
身上殘留著溼透的草香

我決定不讓秋天來了
我在廣場上點火
不等待任何豁免

像是有人悄悄模仿我的哀號
看來比你快樂一些

末日

石堆生長手腳，夕陽倒沉
風吹著來不及生長的菌種
窄巷裡冷漠的牛群奔跑著
夢中的鬼，明天大概仍有約會

他們在吃，嘆氣，在流傳一些歡樂
我爲你煩惱
你睡了嗎，斷去的經脈能夠癒合嗎
我騎在另一架身體上
死前始終不能流淚像
你的手把我刺穿

我反省我的罪
不過是世故像鼠，天眞像夏日的瓜
我攀在樹上低吼
就像一般人，或一般的蟲
有些疲倦，有些憤怒
大火悄悄落下
我不能爲你死
但可以背負疼痛

末日如常降臨
我仍舊不知你在哪裡

餘命

把我剩下的給你
有清水，食物
手繪的燈塔
剛剛學會呼吸的魚

多餘的也給你
撕碎的雲朵
有水氣黏合起來
蕩盡的
回血就好

你命令我的痛苦
強壯的女子一樣列隊
造紙，蓋房
租借金爐
把自己燒成貓
用灰燼撒嬌

飛盤那樣的東西不會盈滿
註腳不計算
超過時候就試圖意會

你是雨
能令晝短
能令夜長

三

你們是水，我是翻譯水的容器。
翻譯成玻璃，小刀，失眠的島嶼
撲滅一整片海洋的蝴蝶

心的板塊，爲了下沉而運動
推擠信件，簡訊
季節的魚塭
視線以外大廈獨立
無人的地方有鴿群　環繞尺寸略小的地球
幾個意思，計算更多意思

字典容納不下的語氣
回返，摸索岩石的筆觸
立體，寫實，透明
之中宇宙燈火垂降
照不光一張側臉

你們交換苦難，論述旅行
我靜坐不能分析愛的造景
田園水影，人魚之森
火車上未曾落準的座位
傘下倒懸票根，藏有目的
藏有呼吸

因爲想要錯認

你們即是眼淚在世界上所有的形狀
不必寫下
只要等待光陰受傷

可能

可能你是
經年久月卻並不主動抵達的暗算
藏匿於語言的漩渦
塵埃覆蓋的鏡子
可能是被遺忘的假期
模仿燭火的殘影
自願尋找影像與字面之間的漏洞
日常裡部署一些事故，暗流與咳嗽
破損的筆記又重新縫合
眼淚總是向房間比較平凡的角落走去

需要度過的可能是一些關於愛的夢幻與祝禱
是蒙受過多雨水的植栽
昨日復被昨日大意地誘拐
小路再繁殖小路，路上再增生我與你的
椅子，車子，杯子，襪子，孩子，影子……
制止不下的小事變成蛛網，卵殼
與夢遊者擦身而過的巷子
也可能開始只是我意外畫下的迷宮
我在腸內，你在宇宙

掛號的時候可能就是紀念日
因你病了但醫者察覺痛的是我
可能是因爲被手牽著
反覆走向那些名之爲原地的原地

便利商店的便利可能是便於相聚
只要經過河堤就知道那風聲都在捕捉我
因我是犯人同時也被偷取

棄守的花園內部可能我是哀傷蝕出的洞穴
失風的氣球午睡著
假想自己從未漂浮過
散落的玻璃們交換著原形的記憶
有鳥飛過，走過
可能也是假裝錯過

爲什麼是這樣的假如未曾是……

除了我的心是多出來的
我想不到任何可能

妒婦

被指定好下星期
應該自己去買花

剪指甲，多餘枝葉
花瓣，日曆蠟紙
潔淨的房間布置一些蜜蜂幻影
（也懂讀詩的）
也擦拭好溢出來的水
再麻煩主。選擇一天
隨性擰乾我的抹布

遲鈍的池水也會期待烈火
陰沉時候鬧革命
厚藻　車輪　紡錘　鏈條
——頑強浸潤那些仍然運轉的棄物

還算溫柔的東西：水泥，斧頭，象皮
也許也有人願意笨重款待
即將刪除感覺的毛孔

普通的人習於妄想
末日遲遲不來可能因爲我
不過中等姿色

輕描

上週末
全鄉燈火管制
紗窗內鎖著停留略久的異象
不尋常的作愛與不尋常的雨雲

下午過後是
兩人間徒剩一人的觀測
水量，熱量
床腳塌陷
關掉火車時刻
空氣中拍打出幾次凹痕

關燈的聲音早晨也模仿過了
時間不緊急

遠景近景都還在黃昏
可疑的節日像恰如其分的歉意

大象觸摸看不到的人
天氣安慰失敗的預報
因爲愛實在太繁瑣就讓你先走
包裹裡有堅果，軟絲
海蛇私藏的糖
你知道我一定會替你收拾的
就像你也知道

我的聰明發光
並無助於愛藏

庇護

手掌不曾庇護命運
海水不曾庇護離群的鯨魚
星座不庇護塵埃
恐怖並不庇護慾望
未來的終將離去

然而語言庇護星座
鯨魚庇護離群的塵埃
未來庇護著手掌
我即使安靜，庇護我的還有人間的噪音

高樓以外還是高樓
平頂上有天線，收發那些彼此錯過的妄想
鴿子夢見愛的雜訊
黑白噪點，銀河深處脫鉤的密碼
糾纏的手，髮膚，瓷碗，花點床褥，唾痕
似乎有哀傷的廣播正警告……

空曠的避難所裡面有孤單的孩童
角落是一腳脫線的布鞋
並沒有另外一腳

不再愛人的心剩下透明
透明庇護著聲音

聲音啞去
不再需要庇護

—— 被靜物

白日之日
墨水未乾的字體
稍停的呼吸在漂浮
心口與口
窗邊懸掛安詳的語病

葉片不會是一片葉
但鐘聲形成了鐘

我是雪，你是雪景
因爲分散所以靠近

例如雨與雨聲
例如地獄與地

被裝箱的海與海魚
分離彼此的舞者與舞
時代屬於他們，曆法註定我們
限制所以歡快
玻璃內的火與火山

小心那些小心願
旁若無人的人
風波調整了風聲與波動
不能保證吻合的吻

記得的終究不可得
明天會天明
大雪是雪
只能是你神情動搖了神
寫實一再一再追求
鬼魂之魂

The best is yet to come

你側臉微微，時間的簾幕遮掩神情
音樂如絲線，虛空裡彈奏虛空

宇宙的色澤鮮美
但我苦惱於愛的貧窘

言詞是巷弄，多把遺失的雨傘斜倚著磚牆
庭園裡有紫陽花瓣，痛的露珠

即便我撫摸你的黑髮

黑髮裡藏著時間的塵沙
塵沙像玫瑰金的墨痕
水杯裡有鯨魚鼓譟，航線無限延長

冬日初晴，沒人寫生
也沒人吟哦自己的煩惱
最好的，尚未來到

你翻譯的時候

田水澎湃
幾顆石頭挪走一個身分
敲擊不可敲擊處
製造牙齒，珊瑚，冰塊（與它們的聲音）

野狗（一頭或是一群）路過劇場
晨昏緊緊變換
使前景也是背景
紙張天候穩定
秩序（乍看像候鳥）

一根針穿入
你魔術的水塘
大陸地生產分裂的音樂

爲精靈保留火柴
光與光之間也有不甚相關的
你從一個世界的局部
觀覽，要求比一部洞穴完整

你翻身，經營一次愼重的拆穿
像偷偷洩露：它們理應不在那裡

後記

在危樓打包

我退伍後在永和住了幾年。第一個租的房間在十三樓，一棟叫「金歡喜」的電梯大廈。當時同居的男友在補習班教英文，假日大多時間不在家。我從來沒有住過高樓，搬進去沒幾天就遇到地震，規模不過四點幾的地震高樓增幅就像末日。我穿著內褲，門外是大廈飯店式的回字型走廊，躲在裡面擔心鐵門擠壓變形。我蹲在地上小抖，覺得自己像離開水的花枝。不出門的時候大部分是清涼的，我在客廳看著氣密窗外的市景，永和天空常有鴿群從鴿舍放飛。只有翅翼而無身軀的鳥。商禽是寫眉毛，我看著鴿群變換隊形，像是有密碼通過指揮，我的臉掛在半空，時而速升，時而冷淡分散。牠們偶而也會來到臥室窗邊叩叩敲，發出不明朗的咕嚕聲。男友長期失眠，我陪他到市區近郊山坡小社區求助催眠師。催眠師把他的房間打開，裡面有個灰色的小沙彌，穿著小草鞋。我與他走長長的斜坡離開下著小雨的小社區，不敢問他心裡的小人是睡的還是醒的。

第二個在永和租的房間在一樓。三坪大的房間浴室佔了一坪，浴室沒有牆而是整面透明玻璃，玻璃旁邊是雙人床，雙人床旁邊是面向牆壁的書桌。衣櫃冰箱都是內嵌式。木質貼皮，三十二吋貼壁大同電視，像一晚一千一的平價旅宿。床頭靠窗，窗外是防火巷，行人日夜趖來趖去，無聲的時候我也不知道有沒有人隔著窗簾看我。偶爾我會把窗簾拉開向外看，可能對巷內的人來說我更像鬼。炎夏近中午起床，夾著人字拖搖擺出外覓食，巷口騎樓商家一排金紙煙，仙貝，炸醬麵，原來是普渡。昏沉飢餓的我也有點漂浮。那時候偶爾寫了詩就丟在沒人看的部落格上，部落格也因爲網站廢止營運搬過兩次家。部落格叫暗鬼，租來的房間裡有可疑的事，可疑的人。

以前看電影，對白說在某個大樓租了一間寫字樓。我心想眞好，租一個房間專門寫字，早上九點就進去寫字，愈高的樓層愈密閉，日光被擋在氣密玻璃外，發出波浪狀的熱。寫字的人的電波通往世界，時間從此站出發……後來發現我多想了，寫字樓就是辦公室。但我還是憧憬這個狀態，一個專門寫字的房間。詩是我的寫字樓。我在詩裡面什麼也不能做，只能做跟詩有關的事。那裡面有不足齡的星球，金紙，翻覆的船。驅策自己的牛馬，大石頭，舊火車。他們端端正正的存在，端端正正的面對自己的徒勞。

許多人年輕時都有不久於人世的幻覺，與其說是恐懼，不如說是憧憬。我自知拖延成性，更希望時間代我完結不能完結的。電腦不設開機密碼，若有天意外離開，也許就有人替我整理作品。我雖明白自己的拖延，卻低估自己的強壯。我的身體平安穩定地長大，多年生的果樹。慢慢明白我的纖細紗布裡包裹了一些近於雌性動物，世俗強硬，消化良好的本質。長大還知道對死亡懷抱憧憬是不夠恰當的，我希望更接近日常的簡易與不易，求取生活，不因自己的健康世故感覺羞愧。

只是日常的被單之下我心波動，我心顫慄。寫字樓裡有一個易怒、善妒、敷衍、自棄、勒索、失敗主義、騷動、不順從的女人。一些偶然撿來的小東西運轉了我，小東西也有空間，劇場，摩擦力，有時起火，有時模仿他物，有時靜止運動，產生情感以外的現象。有些詩有些因爲存在略久，在我的生命裡成了事件之一。長出臉孔，待我去替它們配對，同一塊或不同一塊玻璃吹製的風鈴。我也開始收拾一些詩集之外的行李，找出意圖趨近的他人的詩，希望有東西爲自己的思想背書——不管是墊背或針刺。

小時候第一次踩到圖釘，糖黃色的釘面貼平足弓最深的地方，像早已測量完全。圖釘的「釘」，眞正具有穿刺能力的部件，則是完全沒入腳板裡。比起痛與驚詫，更醒目的是精確、密合，僞裝爲「無」的傷口。圖釘取出來後是小小圓圓的血珠。至今那個疤痕還停在腳板中央，像小門，像歡迎未來的釘與玻璃。

二〇一三年初，我收到了一本《馬雁詩集》，是錢超與王喆從中國帶回來給我的。不知道是因爲知道我愛人愛得不甚順利，還是知道我剛從北京回來。裡面有首詩叫〈北京城〉，我貼了一張像道路指示的藍色標籤紙在書裡，箭頭正對著北的中線：是兩個背對的人，脊椎怎麼也靠不起來。精確的建築與責任裡，有一些鬆綁，閒散，逃亡出來的，時間的碎冰與龍套。我在詩中感受一些緊張，也感受一些因爲破壞而竊喜的願望。結尾寫「它已經被毀壞。是多麼無辜的處境……／讓人痛苦地愛，絕望中一再重生。」我當時故作聰明地，覺得我的哀怨也許更勝一籌，是「重生中一再絕望」。二〇一七年夏天，自己寫〈北京城〉的時候反而沒有重讀。現在喜歡馬雁詩裡的句子不是結尾，是「如果你在北池子，就能感覺到／南池子；如果你在鐘樓，就能／領會到鼓樓；」均衡，清白的一對掌心，惦念那些本也是一組的領悟。

近日因爲要確認詩集內容的討論，我在臉書訊息搜尋框中打上「細軟」。結果除了詩集之外，「細軟」還出現了兩次。一次是因爲我工作的雜誌編輯需要，與柴柏松確認他投稿詩中一句「纖柔細軟，河河地圈住黎明」，這是一首名爲〈循良的馬：一首詩送給皮皮〉的詩。一次是李家棟在我剛上臺北工作時候，問我何時回臺東收拾細軟，也可以一聚。一個是語言與狀態，一個是眞的帶不走的物細。想來沒有人是喜歡打包的。那種疲勞不止是肉體，也來自選擇，丟棄，與必須出發的指令。感謝有人代我認出心裡的戲劇。

174

175

我與世界纏鬥：低聲下氣，作小伏低。所幸攜帶身邊的事物有此眉目，有此兇殘，能使人樂於疲勞。

細軟

作　者—馬翊航
執行主編—羅珊珊
校　對—羅珊珊、馬翊航
美術設計—朱　疋
行銷企劃—王小樨
編輯總監—蘇清霖
董事長—趙政岷
出版者—時報文化出版企業股份有限公司
108019台北市和平西路三段二四〇號四樓
發行專線—（〇二）二三〇六六八四二
讀者服務專線—〇八〇〇二三一七〇五　（〇二）二三〇四七一〇三
讀者服務傳真—（〇二）二三〇四六八五八
郵撥—一九三四四七二四時報文化出版公司
信箱—10899臺北華江橋郵局第99信箱
時報悅讀網—http://www.readingtimes.com.tw
思潮線臉書—https://www.facebook.com/trendage/
時報出版愛讀者—http://www.facebook.com/readingtimes.fans
法律顧問—理律法律事務所　陳長文律師、李念祖律師
印　刷—勁達印刷有限公司
初版一刷—二〇一九年十月四日
初版三刷—二〇二四年一月十六日
定　價—新台幣二八〇元
（缺頁或破損的書，請寄回更換）

時報文化出版公司成立於一九七五年，
並於一九九九年股票上櫃公開發行，於二〇〇八年脫離中時集團非屬旺中，
以「尊重智慧與創意的文化事業」為信念。

細軟 /
馬翊航著. -- 初版. -- 臺北市 : 時報文化, 2019.10
面；　公分. -- (Next ; 246)

ISBN 978-957-13-7931-9(平裝)

863.51　　108013528

ISBN 978-957-13-7931-9
Printed in Taiwan